Нищо не може
да избяга от
вашата съдба

Нищо не може
да избяга от
вашата съдба

ALDIVAN TORRES

Canary Of Joy

CONTENTS

1 | 1

" Нищо не може да избяга от вашата съдба
"

Aldivan Torres

Нищо не може да избяга от вашата съдба

Автор: Aldivan Torres
© 2020- Aldivan Torres
Всички права запазени

Тази книга, включително всички части, е защитена с авторско право, и не може да бъде възпроизведена без разрешението на автора, препродадени или прехвърлени.

Aldivan Torres, Гледачът, е консолидиран писател в няколко жанра. Към днешна дата има заглавия, публикувани на десетки езици. От ранна възраст той винаги е бил любител на изкуството на писането, консолидирал професионална кариера от втората половина на 2013 г. Надява се с писанията си да допринесе за международната култура, възбуждайки удоволствието да чете онези, които все още нямат навика. Вашата мисия е да спечелите сърцата на всеки от вашите читатели. В допълнение към литературата, нейните основни вкусове са музика, пътуване, приятели, семейство, и удоволствието от живота. "За литературата, равенството, братството, справедливостта, достойнството и честта на човешкото същество винаги" е неговото мото.

" Нищо не може да избяга от вашата съдба
Нищо не може да избяга от вашата съдба
След дълго пътуване
Ханумантал Бада Джайн Мандир
Първо светилище
Във втория сценарий
В третия сценарий
В четвъртия сценарий
В петия сценарий
В шестия сценарий
В седмия сценарий
В осмия сценарий
Богатият фермер и скромната млада жена
сбогуване
Работа в бара
Съвет
Работа във фермата
Събиране на семейството
Младоженецът почетен
Пътуването
Един месец в град Рио Бранко
Розова семейна реакция
Завръщане в Симбрес
Опитът на бившия младоженец за помирение
Сватбеното тържество
Раждането на първото дете
Установяването на първата търговска
Отваряне на пазара

Просперитет

Семейството

Десетгодишен период

Реюнион

Разпознаване на ролята му в обществото

Търсенето на мечти

Преживявания от детството

Никой не уважава сексуалността ми

Голямата грешка, която направих в любовния си живот

Голямото разочарование, което имах със служители

Големите прогнози за живота ми

Светецът, който беше син на фармацевт

Пътуването

Пристигане в Семинара

Посещение на Дева Мария

Урок за религията

Разговор на семинар

Вход в обичащ конгрегация

Обикаляне на страната като мисионер

В село в Южна Италия

Смърт на основателя на събранието

Назначаване на поста епископ

Инвазията на Наполеон Бонапарт

Периодът на изгнание

Сбогом на мисията

Джабалпур- 4 януари 2022

След дълго пътуване

Тъкмо бях слязла от самолета и бях във възторг от профузията на коренния регион. Беше наистина грандиозен пейзаж. С облекчение, образувано между планини, пешеходци, коли, и животни, които се молят за космоса, Индия беше силно екзотична страна. Чувствах се особено добре в онова особено и мистично пространство.

Слизайки от самолета, стигам до летището малко дезориентиран. Общувам на английски и един от местните служители ме отвежда до такси. Целта беше да стигна до хотела, където вече се очаквах.

Качвам се в таксито; Поздравявам шофьора и ти давам адреса, който искаш. Седя удобно на задната седалка и след това се дава мача. Първата ми работа в страната започва. За момент важни мисли виждат съзнанието ми. Какво би станало? Подготвен ли бях за предизвикателството? Къде бих намерил господаря? Към настоящия момент имаше много въпроси без отговор.

Градът ми се стори изключително мил. Омагьосани от нея, напреднахме по тесните улички, сякаш нямаше време. Изглеждаше, че пътят на просветлението се разпрашва с времето и пространството. Изглеждаше, че съмненията ми са по-големи от всичко. Но също така, любопитството и волята за победа ме изпълниха напълно и ме направиха човек, върху който да се работи. Просто не знаех кога или как ще се случи това.

Всичко това ме води до голямо отражение, което включва собствения ми живот и кариерата ми. Видях живота като голям духовен тест. Човекът е засаден в социалната среда, възникват трудности и начини за изправени пред тях и от нас е да споделим. Ако сме пасивни в живота, няма да пожънем нищо. Ако сме активни в проектите си, ще имаме възможност да спечелим или да се провалим. Ако се провалим, можем да се възползваме от опита, придобит в нови ситуации. Ако спечелим, можем да измислим нов сън, за да можем да окупираме умовете си. Защото човекът е това: той живее в постоянно търсене на Бог и себе си.

Преминавайки по тези улици, виждам последствието от бедността и богатството, наследено от населението. Нищо от това не е карма. Всичко може да бъде оформено по наша воля. И това дори не е въпрос на егоизъм. Това е начин да постигнете целите си, защото нищо не е изградено на земята без парите. Да имаш пари не ти дава отговорност със собствената си еволюция. Винаги трябва да упражняваме милосърдие, за да откриваме истинско щастие и да се сблъскваме със създателя на всичко.

Такситото най-накрая пристига. Изкачвам се по стълбите на хотела и се чувствам удобно в апартамент на първия етаж. Опаковам си багажа и се чувствам свободен. След това напускам апартамента и разговарям с един от местните служители. Един от тях е изключително заинтересован от къщата ми и е готов да бъде мой водач.

Весела

Наистина те харесвах. Отношението ти, действията ти, начинът ти да си ми изглеждаш изключително особен. Как се казвате и откъде идвате?

Божествен

Казвам се Божествен, божи син, гледач или Aldivan Torres. Аз съм един от великите бразилски писатели.

Весела

О, това е прекрасно. Обичам бразилския народ. Бях любопитен за теб. Бихте ли ми разказали малко за историята си?

Божествен

Разбира се, ще се радвам. Но това е дълга история. Пригответе се. Казвам се Aldivan Torres и завършва дипломата по математика. Двете ми велики страсти са литература и математика. Винаги съм бил любител на книгите и от малък се опитвам да напиша моята. Когато бях в първата си година в гимназията, събрах някои откъси от книгите на Еклесиаст, Мъдрост и Притчи. Бях невероятно щастлива, въпреки че текстовете не бяха мои собствени. Показах го на всички, с огромна гордост. Завърших гимназия, взех компютърен курс и спрях обучението си за известно време. След това, влязох в технически курс на Електротехника, принадлежащ по това време към Федералния център за технологично образование. Въпреки това осъзнах, че това не е моята област за признак на съдба. Бях подготвена да се стажантка в онзи район. Въпреки това, в деня преди теста, който щях да направя, една странна сила непрестанно ме помоли да се откажа. Толкова повече време минаваше, толкова по-голям е натискът, действащ от тази сила. Докато не реших да не правя теста. Налягането се успокои, както и сърцето ми. Мисля, че за мен беше признак на съдба да не ходя. Трябва да уважаваме собствените си граници. Направих някои конкурси; Бях одобрен и в момента упражнявам ролята на образователен административен асистент. Преди три години имах още един признак на съдба. Имах някои проблеми и накрая попаднах в нервен срив. След това започнах да пиша и за кратко време това ми помогна да се усъвършенствам. Резултатът от всичко това беше книгата: Визия за носител, която не публикувах. Всичко това ми показа, че успях да пиша и да имам достойна професия. След това преминах друг конкурс, изправих се пред проблеми в работата, живях нови приключения в поредицата гледачът и имах голяма любов и професионални разочарования. Всичко това ме накара да порасна, за да бъда човекът, който съм днес.

Весела

Интересен. Звучи ми като прекрасна траектория. Аз съм по-прост. Аз съм син на монах и научих тайни от религията си с него. Също така проучих повече за културата и израснах като човешко същество. Моите образувания са те посочили като някой специален. Наистина бих искал да те опозная по-добре.

Божествен

Е, това е. И аз се интересувам да се срещна с вас. Нека направим този културен обмен. Искам да науча повече за вашата страна и вашата култура. Ще растем заедно към еволюцията.

Весела

Тогава ме последвай.

Отговорих на обаждането на експерта. Взехме такси и започнахме да ходим по градските улици. Наистина, наслаждавах се на всичко, на което бях свидетел. Всичко беше толкова ново и толкова интересно. Това ме окуражи да наблюдавам всичко подробно, за да напиша следващата си работа.

Разхождайки се в кръг и после направо, отивам да гледам през прозореца на колата цялото движение по улиците. Чувствах се щастлива, възхитена и изпълнена с идеи. Озовах се вдъхновен да произведа добри омагьосвания на живота за всички онези, които ме придружаваха. Всичко беше написано в книгата на живота и съдбата. беше достатъчно да повярваме. Докато вървим, започвам разговор.

Божествен

Как бихте определили град Джабалпур?

Весела

Джабалпур е третият по население град в квартал Мадхя Прадеш и 37-ата по големина градска агломерация в страната. Ние сме важен град в търговския, промишления и туристическия контекст. Ние също сме важен образователен център.

Божествен

Какъв е произходът на името Джабалпур?

Весела

Някои казват, че е било заради един чай, който медитирал на брега на река Нармада. Други казват, че се дължи на гранит камъни или големи камъни, които са често срещани в региона.

Божествен

Чудесно!. Особено добър. Хареса ми да опозная малко повече за това място.

Колата дава бум и най-спокойните чувства. Всичко се местеше на среща на културите и традициите. По това време е от съществено значение да се приоритизират знанията и мъдростта, които биха могли да бъдат придобити. След програмата тя би могла да завладее освобождението на вътрешното аз, толкова мощна енергия, че да ни накара да постигнем просветление. Нищо изобщо не беше невъзможно да се завладее, защото вярата можеше да предизвика големи чудеса.

Автомобилът се движи от една до друга, а ние се оказваме разпръснати в собствените си мисли. Докато експертът се подготвяше да се разпита и да изработи стратегия за учене, пътувах в старите си житейски истории. Целият предишен творчески процес ме укрепи по такъв начин и ме вдъхнови да създавам светове и концепции. Беше необходимо да се потопите в самото ядро на вселената, да се укрепите с енергийните субекти, да проучите контрола върху себе си беше голямо предизвикателство.

Така стигнахме до тренировъчния център.

Ханумантал Бада Джайн Мандир

Паркингите пред храма. Слязохме, платихме на шофьора и започнахме да вървим към него.

Весела

Ние сме на свещено място. Тук се научих да бъда истински монах. Тук работим с добри енергични течности. Трябва концентрация, за да блестят енергията ни. Най-подходящата дума е ученето.

Божествен

Благодаря ти, че ме покани. Тук сме, за да обменяме енергия. Сигурен съм, че ще бъде невероятно преживяване.
Весела
Абсолютно. Честта ще бъде изцяло моя.

Първо светилище

Влизат в голямата сграда, държат нещата в една стая и след това ходят на духовно обучение. Сега беше действителното време да растем и да се консолидираме като духовен учител. Източниците му на плътски кипящи прокълнати ужасни неща в ума му сякаш пробуждат вътрешна сила.

При знака на господаря те се държат за ръце и се опитват да концентрират жизнената си енергия. Ритуалът ги прави съзнателни и в същото време с невероятно отворен ум.

Весела

Мнозина не знаят коя дестинация да изберат или коя посока да поемат. Те са овце в търсене на пастир. Други не знаят кои политически, политически, идеология, сексуалност или религия са предопределени. Спри, мисли и размишлявай. Опитай се да слушаш гласа на интуицията си. Опитайте се да се свържете с божествените енергийни сили. Когато влезем във връзка с тези енергии, ние сме в състояние да вземем собствени решения. Това е независимо от вярата ти. Всеки избор е валиден, стига да не навреди на следващия. В света имаме два избора: изборът за пътя на мрака и другият избор е за пътя на добрината. Това също така отразява нашите нагласи и нашите рефлекси. Не можем да говорим по-добър начин. Всички са пътища на учене и не са окончателни.

Божествен

Именно този учебен път искам да поема. Обичам този начин да изпитвам разнообразни и автономни усещания. Знанието е великото ни оръжие срещу омразата и насилието. Трябва да се борим смела за идеалите си. Трябва да се направим щастливи и да си позволим да бъдем щастливи. Всички заслужаваме щастие по този път на вечния чирак. Как мога да постигна тази степен на духовно освобождение?

Весела

Трябва да се откажем от сериозните неща. Трябва да направим правилния избор. Трябва да изберем добро, да сме на страната на групата на ЛГБТИКК, да бъдем редом с Черните хора, жените и бедните. Трябва да стоим до изключените и да споделяме с тях същия хляб. Трябва да направим това за Бог, за нас самите, за чудото на раждането, за славата на съществуването, да намалим сантиментална и физическа болка, да имаме повече сила да се борим за целите ви и да напишем вашата собствена история по достоен начин. Когато се отречем от всяко зло, се наричаме мъдър човек.

Божествен

Вече правя всичко това. Аз съм на страната на преследваните и маргинализирани. Имам смелостта да се идентифицирам като външен човек. Чувствам в себе си всеки ден страданията на предразсъдъците и нетърпимостта. Ако бях Бог, щях да бъда Бог на бедните и изключените.

Весела

Това е прекрасно, Алдиван. Идентифицирам се с теб. В живота ни има моменти, в които се нуждаем от смелост, идентификация и решителност. Трябва да прелеем превъзхождания си инстинкт и да извършим чудеса. Трябва да поемаме инициатива и да правим много повече за другите. Съжалявам, че се научи. Нека отидем в следващото светилище.

Двамата вървят ръка за ръка, така че енергията да тече правилно и да се придвижат към втория сценарий.

Във втория сценарий

Двамата приятели вече са във втория сценарий. Експертът организира цялата среда за ритуала: купа, торта, и маса в центъра.

Използват чашата, за да изпият алкохола и да изядат тортата. В това в стомасите им се чуват странни гласове. Взривяващ се в плоските газове, те създават дим навсякъде наоколо.

Весела

Светът, в днешно време, е пълен с предразсъдъци и дискриминация. От една страна, белият елит, богат, красив, политически и от другата страна, бедните, грозните, миризливите и жената. Светът, пълен с правила, е направен според желанията на елита. Само тя има ползите да се чувства превъзхождаща, обичана и възхищавана. Докато дискриминираните са преследвани и едва дишат или живеят мирно. Светът се нуждае от много структурни промени. Нуждаем се от справедлива политика за всички, нуждаем се от повече създаване на работни места, нуждаем се от повече милосърдие и доброта, в крайна сметка, трябва да имаме ново общество, където всеки наистина е равен по възможност, права и задължения.

Божествен

Усетих го в кожата си, приятелю. Син на фермерите, от ранна възраст се научих да се боря за целите си. На този път не получих помощ от никого, освен помощта на майка ми. Трябваше да се боря смело за мечтите си. Когато работим усилено, Бог благославя. Така постепенно постигнах целите си, без да нараня никого. С всяка постигната победа изпитах изключително добри усещания. Сякаш Вселената връща цялата ми доброта. В това можем да разгледаме следната поговорка: кой засажда, жъне!

Весела

Най-лошото е, приятелю, е когато това предразсъдъци се превърне в, насилие и смърт. Има банди, които са специализирани в убиването на малцинства и това е толкова депресиращо.

Божествен

Разбирам. Изглежда хората по света не са се научили от пандемията. Вместо да се обичате, те убиват, раняват и изневеряват.

Повечето хора са загубили основните си ценности на съвместно съществуване. Как тогава да се възстановим пред Бог?

Весела

В тази връзка можем да отбележим, че заради нещата по света, заради славата или социалния статус, заради естествените цикли на живота, заради циклите на еволюцията и поради окончателното избавление мнозина бяха изгубени в греховете. Това кара човека никога да не се развива напълно.

Божествен

Всички тези неща са ефимерни. Трябва да култивираме мъдрост, знание, култура, добрина и милосърдие, наред с други неща. Само тогава бихме имали конкретни постижения по пътя на просветлението.

Весела

Но това е следствие от свободната воля. Ако съм свободен, мога да избирам между добро или зло. Ако предпочитам тъмнината, и аз понасям последствия. Предполагам, че когато не се учите в любовта, вие се учите от болката.

Божествен

Най-мъдрият избор би бил да се научим влюбени. За това ще трябва да бъдем по-малко взискателни и да действаме повече. За това ще трябва да изхвърлим сънищата и да поставим другите на едно и също място. Ще трябва да променим това, което не е наред с нас, да си тръгнем и да изберем е близо до това кой е добър за нас. Всичко, което се прави с любов, генерира още по-положителни енергии.

Весела

Съгласявам се. Но наистина има подли хора. Дайте път създания, които не дават мир на другите. Не разбирам как някой може да причини вреда на ближния си. Бремето на тежката съвест в съня разрушава нечий мир. Това е живият ад на земята.

Божествен

Ето защо трябва да покажем хуманитарните си примери. Като имаме добри проекти, можем да насърчим други хора да следват същия път. Вярвам, че милосърдието трябва да бъде споделено, така че повече хора да се чувстват вдъхновени да помагат.

Весела

Хората едва ли ще помогнат. Егоизъм преобладава в света. Но за тези, които са чувствителни, небето е по-близо.

Димът е слаб. Унищожават сцената и излизат от психотичния транс. Беше голямо отражение. Сега те щяха да отидат на следващия сценарий и да живеят нови преживявания.

В третия сценарий

Те ходят няколко стъпки и вече са в новия сценарий. Поставили са нещо като колиба и седят в умствена вибрация позиция. Тогава диалогът продължава.

Весела

Този, който върви по пътя на доброто, който върши цялата работа в полза на човечеството, който никога не е правил сериозни грешки, се нарича благодатен. Малко са душите в тази степен на еволюция. Каква е тайната им? Вярвам да се свържем с по-висша сила. Водени от субектите на доброто, те могат по-добре да разберат съдбата си на земята и да дават плодове.

Божествен

Вече в противоречие с тези, хората, които нямат плодове, са тези, който пуши пред трудностите на живота. Те предпочитат начина без усилия, унищожават, а не се връзват. Ето защо, те страдат в духовни адове. Какво липсваше от тях?

Весела

Липсваше ти вяра за тях. Изправени пред трудности, те предпочитаха да се колебаят, вместо да вземат различно отношение. Съжалявам за тях. Но те ще пожънат това, което са засадили.

Божествен

Как можем да завладеем света?

Весела

вярата и да се бориш за целите си. Като потвърждават пътя на доброто, те ще могат да вземат широк поглед върху това какъв е светът и да направят най-добрия избор. Трябва само да вярваш в себе си.

Божествен

Каква е тайната на успеха?

Весела

Да бъда автентичен. Човекът никога не трябва да отказва да признае произхода си. Човек трябва да отиде жлъчно стъпките на щастието, трябва да работи усилено, за да прибират реколтата по-късно. Винаги помнете, че Божието време е различно от нашето.

Божествен

Какво мислиш за хора, които се преструват?

Весела

Това е голяма човешка вина. Мнозина правят това, за да се защитят, откакто са страдали много в живота си. Това отношение беше следствие от социалната среда, в която беше вмъкната. Това ви лишава от важни социални преживявания.

Божествен

Какви са последствията от това?

Весела

Те унищожават собствения си живот поради липса на предположение кои са те наистина. Когато предполагаме кои сме, вече имаме своеобразно щастие. Дори светът да противоречи на правилата ни, можем да бъдем щастливи на индивидуално ниво. Няма нищо лошо в това да имаш свои правила.

Божествен

Ето защо имаме поговорката: Моят живот, моите правила. Не трябва да позволяваме на обществото да се намесва в индивидуалната ни свобода. Трябва да имаме свобода на словото и нотариуси, стига да не навреди на ближния ни.

Сесията приключи. Ритуалът е хлабав и те се чувстват по-пълни. Вече имаше забележителни постижения, но искаха да постигнат по-голям напредък. Целта беше да споделяме идеи.

В четвъртия сценарий

Огън е запален. Двамата правят кръг светлина около огъня и започват да танцуват. Натрупаната енергия на двете причинява експлозии и те отиват в транс.

Весела

Огънят е първичен елемент в живота ни. Той е съставен елемент на душата, тялото и естествената магия. Именно чрез него можем да манипулираме ситуациите и пътищата на съдбата. Огънят пречиства и облагородява воините.

Божествен

Но също така е нещо, което боли и унищожава. Трябва да внимаваме в манипулацията му, за да не пострадаме. Трябва да се съюзим със силата на огъня, за да изградим полезни ситуации. Така че, ние трябва да направим същото в изпитанията на живота. Трябва да се бием по-малко и да се съберем повече. Трябва да простим и да продължим напред. Трябва да превишим и абсорбираме хубавите неща. Всичко си струва, когато душата не се снижава.

Весела

Трябва да насочим силата на огъня. За това трябва да изпращаме вибрация действието им във всяка от рисковите ситуации. Обединени към нашата добра воля, можем да разгърнем вътрешния си дар и да преобразим съдбата си. Можем и трябва да действаме във всяка ситуация от живота си, трябва да сме главни герои на собствената си история.

Божествен

Истина. Това ментово настроение ще ни покаже кои сме и какво искаме. Знаейки точно какво искаме, можем да изготвим убедителни и трайни стратегии. Когато има добро планиране, шансовете за провал намаляват значително.

Весела

Освен това, тези, които контролират силата на огъня от невежество. За този, който е експертът в огъня, има контрол над себе си, трудолюбив в целите си, те изпълняват задълженията и задълженията си. Този, който еволюира така, че да презира дефекти и да хвали качествата им, се нарича мъчение.

Божествен

Такова невежество е голям проблем. Мнозина се увличат от него и унищожават домове и ситуации. Трябва да преодолеем различията, да организираме рутинната си програма по такъв начин, че да можем да преживеем стратегията си за победа и да пожънем плодовете на нашата плантация. Ако плодът е добър, това е приятно за Бог.

Весела

Това ни довежда до смисъла на живота. Съществуването е заплитане на ситуации, благоприятстващи постижението. Трябва да организираме цялата си стратегия, за да можем да осъществим връзки с други живи същества, за да развием мъдростта, съзнанието си, вярата си, собствената си свобода и жизненоважна енергия. Трябва да сме в света, за да живеем добре и все по-често.

Божествен

Оттук идва действие на свободната ни воля. Може да имаме благотворно бъдеще, но не винаги сме готови да се жертваме за това. Това включва доставка, даване, размисъл, хармония, умствена вибрация, разпореждане и аргумент. Необходимо е да събудим висшето си чувство и с него да преобразим взаимоотношенията. Необходимо е, на първо място, да бъде форт.

Една срамна тишина виси между двете и ритуалът е хлабав. Велики истини излизат на преден край в тези кратки важни преживявания. Повече от това да живееш, трябва да експериментираш и да еволюираш. За това те напускат сайта и отиват на следващия сценарий.

В петия сценарий

Подреждат средата на петия сценарий. Те поставят статуетки на светци, добре проектирани и цветни завеси, тамян с рядък парфюм и свещен кама. С камата рискуват на земята и димът се издига. Те отиват в духовен екстаз.

Весела

Какво ще кажеш на богатството? Намирам това търсене на пари за много мимолетно. Хората унищожават другите, използват мил, за да навредят на другите, злите действия не са оправдани от целите. Трябва да прекъснем тази верига на важността на парите, трябва да ценим това, което е наистина важно: милосърдие, уважение, любов, приятелство, толерантност наред с други важни неща.

Божествен

Парите са важни, но това абсолютно не е всичко. Можем да имаме пари и да имаме благотворителни деяния. Това, което определя човек, не е тяхната покупателна способност. Хората се определят от нагласите и делата си. Това е, което остава вечно наследство.

Весела

Съгласявам се. За да преживеем вкусовете на света, ни трябват пари. За малко за всичко, имаме нужда от тази материална подкрепа. Значи това обяснява това откачено търсене на пари. Но това не трябва да е единственото важно нещо. Трябва да имаме нова перспектива за живота.

Божествен

Печеленето на пари не означава непочтеност. Има наистина успешни хора. Това не трябва да е параметър за нашите преценки. Но трябва да стоим и да се позиционираме в необходимите неща в живота. Винаги трябва да бъдем ефективни в живота на другите. Трябва да се отървем от несигурните неща, за да сме щастливи.

Весела

Що се отнася до въпроса за дарението, анализирам, че даряването е по-важно от получаването. Дарението провокира в разума ни усещания, необходими за еволюцията на духа ни. И който получи дарението, има задоволени нуждите им. Това е добро двойно усещане.

Божествен

Единственият проблем са фалшивите просяци. Много от тях са пенсионирани и продължават да искат милостиня. Виждал съм доклади на много от тях, които казват, че не искат да работят, защото печелят повече от подаяния. Това се нарича измамна търговия или измама.

Весела

Това често се случва. Трябва да сме невероятно внимателни за това. Има вълци в овче облекло. Трябва да внимаваме да не бъдем изневерява.

Божествен

Че тези, които получават честни дарения, не го пазят. За да се насладите на храна или предмети според капацитета им. Ако им се плаща твърде много, те също го правят. Светът се нуждае от този съюз на солидарност.

Весела

Нека Бог винаги да ни благослови. Нека Бог ни пази в богатство или бедност, Бог ни пази в бурите на живота, Бог забранява болестите и заразната чума. Както и да е, Бог да забрани всяко зло.

Божествен

Как трябва да се радваме на удоволствията на живота?

Весела

Трябва да се насладим на изкушения от живота в най-неговия израз. Не можем да отхвърлим нищо, защото не знаем утре. Тези, които отказват да се възползват от удоволствията на живота искрено се покаят. Трябва да разследваме и тайните на съществуването.

Трябва да използваме духовните си дарове и да даваме плодове. Само тогава ще имаме пълен живот.

Божествен

Да, цикълът будистки цикъл ни осигурява това. Освобождава ни от невидимите течения, които ни обвързват с ниски вибрации. Знаейки как да контролираме жизнения си цикъл, можем да направим невероятни духовни постижения.

Весела

Вярно е, че те са алтернативни цикли. Като се наслаждаваме на удоволствието и се отречем от светски неща, можем да култивираме този цикъл. Това създава заплитане на неща, които заедно с вярата пораждат неочаквани ситуации. Това е добра мисъл за мъдрите.

Излизат от транса, слизат от сета и отиват в следващия отдел. Обучението ги караше да растат все повече.

В шестия сценарий

Ритуалната церемония се приготвя с бира, възрожденска картина, и мръсно бельо. Осветявайки светлинна светлина около тях, те правят бърз тамян, за да могат да отидат в транс. В съзнанието си визуализират миналото, миналото и бъдещето като бързи птици. Междувременно си говорят.

Весела

В света има оживените и неодушевените. Но всички те са важни компоненти във формирането на вселената. Всеки с неговата функция, ние сме агенти на историята с течение на времето. Тази история се пише в момента от всеки от нас. Може да бъде тъжна история или красива история. Това, което има значение, е активният принос, който всеки от нас дава за Вселената.

Божествен

Чувствам неразделна част от него по уникален начин. Наречен божия син от образуванията, успях да разбера най-тъмните тайни на вселената. Чрез разочароващи и болезнени преживявания успях да еволюирам духовно и да стана експерт по мъдрост. Израснах чрез собствените си усилия. Култивирал съм таланта си, както препоръчва Библията. Аз не се скрих от света. Предположих самоличността си и се изправих пред противните сили. Те са хора, които ме осъждат в ада, че подкрепям маргинализираните от обществото, изоставен народ, който има нужда от мен, за да има някаква надежда за представителство. Аз съм гласът на изключените. Аз съм техният Бог. Осъзнаването на тази роля в обществото е основополагащо за моята кариера в писането. Осъзнавайки това, всичко ми се връзваше повече. Ние не сме сами на света. Ние сме силни и можем да имаме нашето място в света дори ако религиозният фанатизъм ни осъди.

Весела

Това е точно както ти каза, ние не сме сами. Обединени, можем да имаме сили да реагираме срещу опонентите. Ние не искаме война при никакви обстоятелства. Искаме диалог и приемане. Искаме правата ни да бъдат спазвани, защото имаме право на това. Край на убийствата и дебненето. Трябва ни мир на този свят преследван от вируса. И знаеш ли защо вирусът навлезе в света? Заради човешкия грях. Всички ние сме в грях. Това, че сте последовател на религия, не означава, че нямате грях. Така че никога не съди следващия. Виж първо грешките си и виж колко си опорочен.

Божествен

С това пристигнахме на цикъла на будистки цикъл. Еволюцията ви ще се случи само когато в сърцето ви има толерантност и любов. Трябва да се поставим един на друг, да прощаваме и да не съдим. Трябва да спрем религиозния фанатизъм. Трябва да следваме Бог, а не религиите. Тя е две напълно различни неща.

Весела

Истина. Тя използва като аргумент на религиите, че мнозина се извърши зло. Именно в името на парите мнозина губят спасението си. Те са невидими войни, които всяка една размахва в себе си.

Божествен

Ето защо винаги трябва да имаме добри етични ценности във всички случаи на живот. Не бива да убиваме животни за спорт или религиозни ритуали. Трябва да запазим живота в изобилие.

Весела

Това са греховни практики. Човекът се държи като господар на вселената, но всъщност е малка точка в съществуването. Дори нашата планета, която е гигантска за нас, е малка точка във Вселената. Така че, нека бъдем по-малко горди и по-прости.

Ритуалът свърши. Всеки събира личните си вещи и ще почива. Щеше да е първият нощен сън в такъв натоварен ден. Въпреки това, все още имаше дълго пътуване, за да бъдат изминати.

В седмия сценарий

Зори. Бандата става, мие си зъбите, изкъпва се, и закусва. След това те са готови да рестартират духовното обучение. Това беше красив път, направен от среща и открития. Път на честност, отдаденост и радост.

Това беше голямото приключение на малкия мечтател, някой, който винаги вярваше в себе си. Дори пред големите трудности, наложени от живота, той никога не се сети да изостави изкуството си. Винаги мечтаеше за литературното си признание и всеки ден се приближаваше. Той просто се радваше за всички чудо постигнато.

Двойката се срещна в седмия сценарий. Те създават ментална вибрация влязат в транс и когато го направят, започват да бълнуват.

Весела

Нашият велик водач е знанието. С помощта на това можем наистина да завладеем нещата си и да имаме по-голяма придобита свобода. Знанието преобразява живота ни и ни съпровожда през целия ни живот. Можем да загубим работата си, да загубим голямата си романтична любов, да загубим парите си. Знанията ни обаче ни водят до победа и признание.

Божествен

Затова съм на този приключенски път. Това е приятен път, който ме кара да науча няколко неща. Имам чувството, че израствам всеки момент с всяко преодоляно препятствие. Днес наистина съм щастлив и изпълнен човек.

Весела

Това е истинският път на еволюцията, който трябва да следваме. За да постигнем върховна еволюция, трябва да се отървем от всяко отрицателно чувство, което населява умовете ни. Трябва да се ангажираме да помагаме на другите, без да очакваме възмездие. Именно чрез извършване на даване на ежедневен акт можем да се свържем с по-голямата сила на вселената. Така животът ни ще има повече смисъл и ще стане пълен.

Божествен

Истина. Това, което унищожава човешкото същество, е теглото. Тя е иска да бъде това, което не сте, да играе добра роля в обществото. Тези хора живеят ежедневен характер, но не са щастливи. Когато не живеем според автентичността си, губим част от себе си.

Весела

Но мнозина не го виждат. Те предпочитат да живеят тази приказка и да имат това чувство за приемане. Дори разбирам тяхната гледна точка. Живеем в лицемерно и хомофобско общество. Живеем в общество, което убива заради предразсъдъци. Тогава защо трябва да рискувам собствения си живот? Няма ли да е по-добре, ако изживея двоен живот и бъда щастлив? Аз наистина не прощавам на тези хора.

Божествен

Това е плодът на религиозната милиция. Тези секти ни поставят в правила, с които дори не спазват. Това унищожава щастието ни. Но аз счупих тази парадигма. Избрах да бъда свободен и да си направя собствени правила. Така че, чувствам се напълно щастлив.

И двамата сте развълнувани. Те бяха десетилетия страдание и религиозно отчуждение. Всички там имаха своя история. Нищо не беше лесно. Само постепенно откриха истинското удоволствие да живеят. Това беше фантастично постижение.

Един миг по-късно, те завършват ритуала и се отправят към следващия сценарий. Имаше много неща за опит.

В осмия сценарий

В новия сценарий те са напълно отпуснати. Подмладен от нови преживявания, те се стремяха да разберат малко повече от вселената и за себе си. Този процес на познание беше основополагащ за изработването на нови стратегии.

Започва нов ритуал. Правят магически площад и се поставят в центъра на него.

Весела

По въпроса за усилията и работата ни. За да можем да се откроим, трябва да дадем приоритет на качеството на нашата работа. Добре свършената работа дава начало на комплиментите. Широко се възхвалява дело с ценности като честност, достойнство, милосърдие и толерантност. Затова трябва да направим тази разлика в света.

Божествен

Съгласявам се. Нека разгледаме примера ми. Аз съм млад работник, имам артистичната си страна, благотворителна съм, подкрепям семейството, боря се за мечтите си. Но от друга страна, другите хора са егоистични, дръзки и не си помагат един на друг. Ето защо светът не се развива. Нуждаем се от повече действия и по-малко обещания.

Весела

Вие сте пример. Дори с всички отговорности, които имаш, никога не си се отказвал от мечтите си. Вие сте много човешки човек, който трябва да бъде модел за другите. Трябва да упражняваме това. Да имаш откъсване от материалните неща, да имаш повече радости в простите неща, да искаш по-малко и да действаш повече. Да бъдеш експерт в историята си е от съществено значение за изграждането на собствената си идентичност.

Божествен

Това се сварва до това, че е по-малко материалистично и по-практично. Трябва да имаме различно отношение към живота. Ценя това, което наистина има значение.

Весела

Но след това идва въпросът за свободната воля. Хората не са роботи. Те имат право да изберат пътя, който е най-подходящ за тях. Не можем да правим правила за никого. Така че, мисля, че светът ще продължи със своите болни. По-лесно е да избереш зло, отколкото добро.

Божествен

Абсолютно. Нашата роля е само да водим. Никой не е длъжен да прави нищо. Тази свобода ни води към нирвана. Тази свобода е наша собствена марка. Винаги трябва да оценяваме това.

Весела

Истина. Трябва да изградим тези моменти в живота. Трябва да се свързваме с други хора, да споделяме преживявания, да абсорбираме нови неща и да изключваме стари неща, които вече не допълват нищо в живота ни. Това е принципът на регенерацията на живота.

Божествен

С тази регенерация сме способни на по-високи полети. Можем просто да си простим, да продължим напред и да изградим нови ситуации. Можем да променим мнението си и да видим другите от обособена гледна точка. Можем да имаме повече вяра в човечеството в тези тежки времена. Можем да опитаме отново да бъдем щастливи.

Разговорът е прекъснат. Във въздуха има леко чувство за странност. Умовете им се въртят като неуравновесени птици. Има голямо опрощение на чувствата, усещанията, радостта, подмладяването, славата, хармонията, удоволствието и самотата. Трябваше да бъдем предпазлив към знаците, които животът ни дава. Трябваше да вярваш в способностите си с надеждата да преобразяваш света. Отне много повече, отколкото очакваха. И така, ритуалът завършва с това, че те решават да завършат работата. Знаели са подходящия момент да се откажат.

Богатият фермер и скромната млада жена сбогуване

Cimbres, 2 януари 1953 г.

Роуз беше скромна млада жена на около осемнадесет години. Тя беше най-красивото и желано момиче в региона. Бях сгодена за Питър, голямата ти любов. Само финансовото състояние на семейството ти не беше добро. Това беше период на голяма суша и всички страдаха без правителствени инвестиции. Милиони се бориха за оцеляване и липсваха храна и вода.

Това е, когато имаше среща със семейството на булката, за да се справят с конкретни проблеми. Роуз, Онофре (бащата на Роуз), Магдалена (майката на Роуз), и Питър (годеника на Роуз) бяха на срещата.

Онофре

Защо уреди тази среща? Планираш ли нещо?

Питър

Искам да съобщя решение. Получих работа в Сао Паоло и ще трябва да се преоблека. Когато се върна, ще уредя сватбата.

Онофре

ОК. Стига да уважаваш дъщеря ми. Знаем, че разстоянието пречи на живота на двойката.

Питър

Разбирам. От своя страна ще запазя сделката. Ще работя, за да получа пари, за да се оженя. Не е ли страхотно, любов моя?

Роза

Ще бъде страхотно. Имаме нужда от това. Лошото е, че ще ми липсваш толкова много. Обичам те много, любов моя. Чувството ни е истина. Не можем да пропуснем това, ясно?

Петър

Обещавам, че няма да я забравя. Отговарям с писмо, ясно?

Роза

Ще го очаквам с нетърпение.

Магдалена

Целият късмет и на двама ви. Но ще проработи ли?

Петър

Довери ми се за това. Ще се опитам да се върна възможно най-скоро. Стой в мир и с Бог.

Прегръщат се. Беше последният физически контакт преди пътуването. Множество мисли минават през ума на онзи воин. Опитва се да се успокои в среда на несигурност. Но той беше напълно решен да се изнесе и да опита късмета си. След като се сбогуваш, момчето ще вземе автобуса. Дестинацията му беше югоизточната част на страната, която имаше по-добра икономическа ситуация.

Работа в бара

Беше парти вечер в бар "Джой" в квартал Симбрес. Празнуваха сватбата на един от най-важните мъже в селото. За да изкара малко пари, Роуз работеше като сервитьорка.

Тогава й се обади чернокож.

Гарсия

Моля ви, госпожице, донесете ми още бира и барбекю.

Роза

Добре, сър. Тук съм, за да ви служа.

Гарсия

Благодарим ви. Но какво кара такава красива млада жена да работи така?

Роза

Трябва да работя, за да помогна на родителите си. Годеника ми замина за Сао Пауло и бях сам.

Гарсия

Той е голям глупак. Оставил си мома сам? Виж, искаш ли да ме изпратиш до фермата ми? Чувствам се толкова тъжен в онази ферма. Аз нямам с кого да говоря.

Роза

Не мога да го направя. Имам час при годеника си. Ако го направя, щях да съсипя репутацията си пред лицето на обществото.

Гарсия

Разбирам. Наистина ли? Женен съм, но жените ми са в столицата. Бракът ми с нея не върви добре. Кълна ти се, ако ме приемеш, щях да те изостави и да се оженя за теб. Говоря сериозно.

Роза

Сър, имам принципи. Аз съм почтена жена. Просто ме остави на мира, става ли?

Гарсия

Разбирам. Но тъй като имаш нужди от работа, те каня да почистиш във фермата на фермата ми. Някои пари ще ти помогнат, нали?

Роза

Това е истината. Приемам предложението ти. Сега трябва да се видя с друг клиент.

Гарсия

Можеш да отидеш с мир, скъпа.

Роуз си отива и фермерът продължава да го наблюдава. Това беше любов от пръв поглед по начин, който той не очакваше. Дори да беше против социалните конвенции на времето, той щеше да направи всичко, за да изпълни желанието си. Бих използвал финансовата ти мощ в твоя полза.

Съвет

След като фермерът си тръгна, един сътрудник призовава Роуз да говори. Изглежда, че този човек беше забелязал ситуацията.

Андреа

Какъв красив фермер, нали, жено? Хей, какво става? Ще му дадеш ли шанс?

Роза

Луда ли си, жено? Не знаеш ли, че имам час?

Андреа

Стига си се залъгвала. Този човек е изключително богат и могъщ. Ако се омъжиш за него, никога няма да разбереш какво е нещастие отново. Вече няма да се налага да работите в този бар. Помисли. Това е единственият ти шанс да промениш живота си.

Роза

Но обичам годеника си. Как мога да те предам така?

Андреа

Любовта не убива глада ви. Мисли преди всичко за себе си, за финансовата си сигурност. С течение на времето ще се научите да харесвате фермера. И най-хубавото е, че ще имате живот на финансова сигурност. Ако бях на твое място, нямаше да се замисля и да приема това предложение.

Роуз беше внимателен. Като се замисля, колегата ти не беше напълно погрешен. Какво бъдеще ще имаш до беден човек? И най-лошото е, че беше твърде далеч. От друга страна, родителите му били сложно свързани със социалните правила. Не би било лесно да поемеш такава любов.

Роза

Благодаря за съвета. Ще се сетя за всичко, което каза.

Андреа

Добре, приятелю. Имаш пълната ми подкрепа.

И двамата са отново на работа. Беше натоварен ден, пълен с клиенти. В крайна сметка Роуз се сбогува и се прибира вкъщи. Тя би се сетила за всичко, което й се беше случило.

Семейна вечеря

Работа във фермата

Роуз пристига пред голямата ферма. Това беше внушителен сграда, дълга и широка с голяма дължина. В този момент мъка изпълва твоето същество. Какво би станало? Какви намерения щеше да има шефът ти? Наистина ли ще е добър човек? Умът му гъмжеше от мисли без отговор. Събирайки смелост, тя напредва към вратата, звъни на звънене и се надява да й бъде отговорено.

Чистач на къщи

Какво искате, госпожо?

Роза

Дойдох да свърша работа за собственика на къщата. Може ли да вляза?

Чистач на къщи

Разбира се, искам. Ще дойда с нея.

И двамата влизат в къщата и отиват в главната стая. В него богатият фермер вече чакаше.

Гарсия

Каква радост да видя скъпата ни Роза! Чаках тревожни. Как си, любима моя?

Роза

Дойдох на работа. Добре съм. Благодаря, че се грижиш.

Гарсия

Алзира, иди на пазар в града и се отнеси много време там. Просто се върни довечера.

Алзира

Отивам, шефе. Заповедите ти винаги се изпълняват.

Роуз взе метлата и кърпата, за да почисти къщата. Той започна да прави неистови движения в своята тоалетна. Но скоро фермерът се приближи. Взел си е приборите за работа и го е запазил. Роуз той потръпна, но копнее и за този момент. Нежно, шефът й я взе в скута и я заведе в стаята си. Любовният ритуал започна и той беше готов да вземе девствеността й. Роуз забравя всичко и си придава тази страст. Влизат в някакъв хипнотичен транс. Единственото нещо, което го интересуваше, беше удоволствието.

Беше ден на връзка между двете и на много любов. Всички предишни понятия бяха паднали. Те не се страхуваха. Те бяха в съкрушителна страст.

Гарсия

Искам съдържателни отношения с теб. Готов съм да напусна жена си. В наши дни с нея сме само приятели. Повярвай ми, наистина те харесвах.

Роза

Признавам, и аз те привличам. Наистина искам да поема тази връзка. Но как ще го направим? Семейството ми не би одобрило.

Гарсия

Можеш да го оставиш на мен. Ще се погрижа за всички измами. Прекрати връзката с годеника си и аз ще се погрижа за останалото.

Роза

Добре. Много обичах деня ни. Трябва да отида сега, така че другите хора да не се подозрителни.

Гарсия

Върви с мир, любов моя. Ще се видим скоро. И аз трябва да работя сега.

Двете части с консолидираната връзка. Това, което изглеждаше невъзможно, се беше сбъднало. Нека продължим с повествувателя.

Събиране на семейството

Фермерът наистина имаше намерение за връзката с Роуз. За да консолидира отношенията, той предлага среща със семейството, за да обсъди конкретни въпроси.

Гарсия

Тук съм на тази среща с цел да обявя отношенията си с Роуз. Искам разрешението ти да постигнеш тази цел.

Онофре

Ти си женен човек. Не е приятно в очите на обществото, че почтена дъщеря се ангажира с женен мъж.

Роза

Но се обичаме, татко. Вече приключих годежа си и той всъщност е отделен от жена си. Какво повече искаш?

Онофре

Искам да създадеш срам. Искам да се държиш като жена на уважение. Заслужаваш много повече, дете. Вие сте невероятно ценна млада жена.

Роза

Аз съм страхотна жена. Но аз съм влюбен в прекрасен човек. Наистина го обичам. Какво ще кажеш, мамо?

Магдалена

Съжалявам, дете мое. Но съм съгласен със съпруга си. Трябва да запазиш репутацията си. Забрави за този човек и си вземи самотен мъж.

Роза

Чувствам се тъжно, че имам такива традиционни родители. Аз не приемам.

Гарсия

Разбрах гледната ти точка. Но мисля, че грешат. Все още ще ти покажа моята стойност. Това не е краят. Все още вярвам в нашето щастие, любов моя.

Роза

И аз го вярвам. Все още ще те убедя, че грешиш.

Онофре

Аз съм невъзвратим. Можеш да си вървиш, момче. Вече имаш отговора си.

Хенрикес оставя видимо недоволен. Опитът му за помирение се беше провалил. Провалът наистина го премести. Но беше нещо, което да отразява и планира нова стратегия. Докато имаше живот, имаше надежда.

Младоженецът почетен

Положението с гаджето беше ужасно. Забранено да се срещат, те страдаха твърде много от недоразумение на семейството. Беше мрачен и тревожен ден. Защо трябва да спазваме такива старомодни правила за връзка? Защо просто не можем да бъдем свободни и да изпълним желанията си? Това беше мисълта за двете дори пред лицето на толкова много препятствия.

Мислеше си така, че фермерът да реши да действа. Написал е писмо, плакал е много и е наел мейл носител. Служителят отиде да свърши работата. Не след дълго бях изправена пред къщата на Роуз. Закопчава се и чака да бъде адресиран. Появява се човек вътре в къщата.

Пощенски работник

Здравей, младежо. Ти ли си Роуз? Имам поща за теб.

Роза

Да. Много благодаря.

Вземайки писмото, младата жена се върнала в къщата, където се заключила в стаята. Със сълзи в очите, тя започва да чете текста.

Cimbres, 5 декември 1953 г.

Здравей, Роуз. Пиша, за да разкрия негодуванията си пред семейството ти, че са забранили връзката ни. Чувствам се невероятно тъжен за това, абсолютно те обичам. Исках да построя семейство с теб. Исках да те измъкна от финансовата ти мизерия.

Не мисля, че животът беше справедлив към нас. Чудя се дали ще има друг изход за нас. Искате ли да дадете втори шанс на любовта ни? Ще имаш ли куража да го приемеш? Защото ако искаш, кълна ти се, ще избягам от теб на място, докато нещата се оправят. Но трябва да го анализираш студено и да знаеш кое е най-важно. Ако оттоворът ви е "да", можете да дойдете тук във фермата и всичко е готово за нашето пътуване. Очаквам ви днес.

С привързаност Хенрикес Гарсия

Роуз остава статична. Какво невероятно и смелост предложение. В този момент през ума ви минава вихрушка от емоции. Достатъчно време е тя да отрази и вземе окончателно решение. Родителите му били тръгнали на работа и се възползвали от възможността да напишат писмото, обясняващо решението му. После си опакова багажа със съществени и си тръгна. Това е като поговорката , "Свободни сме".

Роуз наема кола на излизане от къщата и трепери от безпокойство. Чувствах много емоции едновременно. Решението не беше лесно. Изоставила е консолидирана семейна връзка, за да рискува да влезе в любяща връзка. Какво щеше да я накара да реши това? Не е известно със сигурност. Но финансовият фактор се свърза с великия образован човек, че този фермер вероятно са били основателни причини тя да се впусне в това дръзко приключение. Ще си струва ли? Само времето би имало отговорите на този въпрос. В момента тя просто искаше да се възползва от тази свобода, за да се опита да бъде щастлива.

Докато превозното средство напредва, тя вече може да се опита да заличи сълзите си. Тя би трябвало да бъде изключително силна, за да понесе последиците от този избор. Сред тези последици бяха критиките към обществото и семейното преследване. Но кой каза, че я е грижа? Ако се сетим за мнението на другите, никога няма да имаме автономията да ръководим собствения си живот. Никога няма да напишем нашата история в страх. Така определена лична безопасност го успокои много.

Колата пристига във фермата, тя плаща на шофьора и излиза от автомобила. Чувайки шума отвън, партньорът й идва да се срещне с нея. Наистина всичко беше уредено. Двамата влизат в друго превозно средство и започват пътуването. Към щастието, Бог желае.

Пътуването

Започва пътуването по черен път, който свързва Cimbres с град Рио Бранко. Времето е топло, пътят е пусто, а те са с висока скорост. Обратно, всички са семейство, приятели и възпоменание. В бъдеще връзката на двете се визуализира дотогава забранена от обществото.

Гарсия

Как се чувстваш, любима моя? Имаш ли нужда от нещо?

Роза

Чувствам се добре. Да бъда тук с теб ме утешава. Вече не съм дете, което да изпитва толкова угризения. Изведнъж през ума ми минава последователност от образи. Да бъда тук е да се боря срещу нетърпимостта, е да се боря за свободата и радостта си да живея.

Гарсия

Разбирам. Щастлив съм, че съм част от тази промяна. Ще бъдем в Рио Бранко за месец. След това се върнахме във фермата. Ще бъдат принудени да ни приемат.

Роза

Надежда. Надявам се стратегията ти да проработи. Трябваше да имаме този шанс. Ами другото ти семейство?

Гарсия

Вече съм в процес на разделяне. Ще споделя половината си имение със старата си жена. Но аз не съм длъжен да остана женен за нея. Бяха години на радост и отдаденост на брака ни, но почувствах, че трябва да прекратя страданието ни. Измъквахме много хора от това.

Роза

Кара ме да се чувствам по-малко виновен. Аз не искам да бъде домашен разбивач. Просто искам да намеря мястото си на света и ако това означава да съм до теб, ако това е моето щастие, приемам, че Вселената ми е осигурила. Но в нито един момент не исках да унищожа никого.

Гарсия

Не се притеснявайте, веднага ще се върна. Аз съм този, който се отдели от нея по своя воля. Никой не може да ни съди. Откакто те срещнах, бях очарован от теб. Оттам целта ми беше ти. Не бих положил никакви усилия за постигането на това. Колкото и всички да са против връзката ни, никой не може да го спре. Беше написано в съдбите ни тази среща!

Роза

Благодарен съм на Вселената за това. Искам скоро да стигна до Рио Бранко. Искам да те опозная по-добре. Никой от другите няма значение за мен. Ние сме само двамата във Вселената, две създания, които се завършваме и се обичаме. Любовта ни е достатъчна, за да постигнем нирвана. Тази магия на любовта, която ни заобикаля, е отговорна за това.

Гарсия

Така да бъде, скъпа. Абсолютно те обичам.

Продължават да напредват сами по този прашен път. Какво подготви съдбата и за двама ви? Никой от тях не знаеше. Те само в себе си се отдадоха на мощна енергия, която ги ръководеше през тъмнината. Никое зло не би се страхувало, защото любовта беше най-мощната сила, която има. Всичко би си струвало само заради факта, че единият иска другия. Те трябваше да се радват на живота по най-добрия жизнеспособен начин и нямаше да бъдат правила, продиктувани от общество, които биха им попречили да задоволят истините си. Те имаха свои правила и индивидуалната им свобода беше по-голяма от всичко.

Осъзнавайки това, те напредват по онези прекрасни пътища във вътрешността на Пернамбуко. Имаше камъни, тръни, културни елементи, селски човек, фауна, флора, и голям прах. Този сценарий беше един от най-истинските в света. Бъдещето ги чакаше с отворени обятия.

Един месец в град Рио Бранко

Брачната нощ на двойката започва във ферма, разположена около град Рио Бранко. Това беше най-очакваният момент на интимност на двойката. Те се дадоха да обичат напълно, в танц на тела и умове. По време на сексуалния акт те влязоха в транс и пътуваха до светове, никога досега невиждани. Това е магията на любовта, способна да преодолее границите на въображението.

След сексуалния акт това е момент на спокойствие и екстаз.

Роза

Беше най-хубавото нещо, което се е случвало в живота ми. Никога не съм смятал, че загубата на девствеността ми е толкова фантастично нещо. Виждам сега, когато бях глупав да губя толкова време в очакване на това.

Гарсия

Да, скъпа. И аз чакам това от доста време. Виждам, че бях прав. Ти си най-интересната жена, която съм срещал. Искам те за целия си живот.

Роза

Ще имаме ли децата си?

Гарсия

Искам да имам много деца с теб и да те придружа през кариерата ти. Обещавам ви, че ще се радваме, въпреки че ще бъдем щастливи, дори ако ще се бием с всички.

Роза

Много ме успокояваш. Готов съм да повърна този ангажимент. Постепенно влизам в ритъма на ситуацията.

Гарсия

Много благодаря. Чувствам се невероятно щастлив. Трябва да отида на работа във фермата сега. Погрижи се за домакинската работа. Веднага ще се върна.

Роза

Можеш да го оставиш на мен.

Двамата се сбогуват с всеки ще изпълни задълженията си. Докато работеше върху работата си, Роуз мислеше за всичко свързано с живота й. За да промени траекторията си, това беше само малко решение, което предизвика големи трансформации. Беше помислила само за себе си в ущърб на волята на семейството си. Защото ако мислим за мнението на другите, никога няма да бъдем истински щастливи.

Фермерът се връща, и те се срещат отново в кухнята.

Роза

Как мина денят ти на работа?

Гарсия

Това бяха много професионални ангажименти. Много съм уморен. Какво приготви за вечеря?

Роза

Направих зеленчукова супа. Харесва ли ти?

Гарсия

Влюбен съм. Имаш необятен талант за готвене. Сега е твой ред. Как прекара деня вкъщи?

Роза

Погрижих се за всеки детайл от чистотата, храната и организацията на служителите. Аз съм много перфекционист личност. Нашите служители ме похвалиха. Направих им добро впечатление.

Гарсия

Прекрасно, любов моя. Знаех си, че съм намерил подходящия човек. Вие сте добра съпруга и чистачка на къщи. Сега искам да се забавлявам повече. Да отидем ли в спалнята?

Роза

Да. Чаках този момент. Искам да науча повече за магията на любовта.

Двамата се оттеглиха от кухнята и си легнаха заедно. Започна нова брачна нощ. Те бяха сгодени наскоро и трябваше интензивно да се наслаждават на тези първи моменти. Междувременно изглежда светът се срутваше.

Розова семейна реакция

След като прочете писмото на дъщеря си, семейството на Роуз беше безсилен. Как може това предателство да е толкова извратено? С това отношение тя просто беше изхвърлила години семейна репутация и уважение в обществото. Опитвайки се да предотврати това да доведе до нещо по-сериозно, Онофре (бащата на Роуз) приготвя куфара си, изкачва се на коня и преследва дъщеря си.

Според информацията, събрана от приятел, Роуз щеше да живее във ферма в Рио Бранко. И така, той си тръгна. Поемайки по черен път, той отиде в търсене на целта си. В размирният му ум се случваха ужасно тъжни неща. Желанието му беше отмъщение, жестокост и много гняв.

Беше недоволен. Още от ранна възраст се е борил да работи, за да даде най-доброто за дъщеря си. Той беше научил най-добрите концепции и правила, които да бъдат следвани от добро момиче. Изглеждаше обаче, че е изхвърлила всичко. Тя ли го направи заради парите? Това би било непростимо и малко отношение. Афиш към достойнството на семейството.

несигурен в това, той напредва по този черен път. Изправен пред североизточния сценарий, той облекчава странни усещания, които го притесняват. Дъщерята ще наследи ли своя независим и смел дух? Той припомня миналото си със страстите си, които беше живял. Той наистина се беше радвал на живота, но беше загубил любовта на живота си от разкази за правилата на обществото. Доволен ли беше? Донякъде се чувстваше щастлив. Но това не беше пълно щастие. Той беше загубил истинската си любов и това остави белези по безопасно си сърце. Никога не е било същото.

Напредвайки по-нататък, бях готов да се изправя срещу човека, който беше ограбил дъщеря ви. Той остана спокоен и предпазлив.

Но реалността е, че бях ядосана. Чувстваше се предаден от онази двойка. Това беше чувство на неудовлетвореност, срам и непокорство. Трябваше да направиш сблъсък на идеи.

Знаейки това, малко по-късно, той вече се приближава към фермата. На входа на имота той идентифицира себе си и фермерът предлага да го получи. Двойката и посетителят се срещат в хола на голямата къща.

Онофре

Разстроена съм. Избяга като бандити. Създадохте много деликатна ситуация за всички ни. Какво беше това лудо? Защо ще го правят?

Гарсия

Това беше единственият изход. Държеше се сякаш притежаваш дъщеря си. Но не е така. Децата имат право да решават собствения си живот. Бях избор на дъщеря ти и се обичаме. И без това ще построим семейство. Нямаме нужда от вашето одобрение за това. Това е нещо, което искам да изясня.

Роза

Чувствах се много зле, че избягах. Но аз не съм ти затворник, татко. Имам свободния дух. Просто исках да опитам нещо различно в живота си. Наистина се радвах на живота, който съпругът ми може да ми осигури. Писна ми от живота, който водех. Не само по финансовия въпрос, но и по въпроса за собствената ми независимост. С него се чувствам в безопасност.

Онофре

Разбирам това. Но това, от което се страхувах, се случи. Ти си нелепата стока на обществото. Всички ни критикуват, че унищожаваме домове. Този мъж, той имаше жена и деца. Ситуацията не е лесна.

Гарсия

Всички имаме право да направим грешка, сър. Сгреших като избрах първия си брак и бях нещастен. Когато срещнах дъщеря ти, се влюбих. Нямах съмнения. Исках да започна живота си отначало. Не мисля, че някой може да съди и двама ни.

Роза

Никога не съм предполагал, че ще е лесно. Но не мога да живея въз основа на мнението на другите хора. Невероятно съм щастлив до съпруга си. И двамата се завършваме. Ние вече сме съпруг и съпруга.

Онофре

Искаш да кажеш, че си правил секс? Така че, това е път на липса на връщане. Ако вредата е направена, то остава само да приемем това. Ще се омъжиш ли за дъщеря ми?

Гарсия

Да, планирам да го направя скоро. Вече имаме брачна връзка. Остава само да го направим официално. Какво ще кажеш на това? Какво ще кажеш да си измислим?

Роза

За мен ще е особено важно да имам одобрението ти, татко. Не исках да съм в конфликт със собственото си семейство. Ако ни приемеш, щастието ми ще е пълно.

Онофре

Аз нямам избор. Можеш да се върнеш в Симбрес. Ще благословя тази сватба. Но имам търсене. Ако накарате семейството ми да страда, можете да бъдете сигурни, че няма да имате успешно заключение.

Гарсия

Никога не бих наранил човека, когото обичам. Обещавам да те почета до края на живота си.

Роза

Много ти благодаря, татко. Връщаме се в родината си. Искам децата ми да пораснат до теб. обичам те; Обичам те.

Тримата се изправиха и се прегърнаха. Съжалявам, че срещата беше успешна. Сега, просто продължи напред с живота си и се изправи срещу препятствията, които биха се появили.

Завръщане в Симбрес

С проблема с връзката решен, двойката се върна във фермата в Cimbres. По този начин за всички тях започна нов жизнен цикъл. Хепи, събраха семейството, за да отпразнуват този съюз.

Магдалена

Не очаквах да разпозная това, но вие двамата направете красива двойка. Имаш прекрасна мелодия, която дава голямо удоволствие. Поздравления, любими.

Роза

Много ти благодаря, мамо. Аз съм невероятно щастлив и възхитен от това. Да имаш подкрепата си е всичко, което искаш. Напълно сте прав. Невероятно съм щастлив до съпруга си.

Гарсия

Наистина оценявам наблюдението ти, свекърва. Радвам се, че осъзнахте, че имаме истинска любов между нас.

Онофре

Потвърждавам думите на жена си. Извинявам се за разногласията ни. Ти си наистина добър човек. Кога ще излезе тази сватба?

Гарсия

Искам да се оженя в края на тази година. Правим голямо парти. Всички трябва да присъстват. Ще бъде незабравим ден за всички, денят на реализацията на нашия съюз.

Роза

Ще го уредя. Обичам организирането на партита. Ще бъде най-щастливият ден в живота ми.

Всички аплодират и препечени филийки с бира. Животът наистина е голямо виенско колело. Нищо не е окончателно. За миг всичко може да се превърне в твоя живот. Това, което е лошо днес, би могло да се превърне в спокойствие в бъдеще. Така че, нека не съжаляваме за грешките си. Те служат като учене и за разработването на нови стратегии. Важното е да не се отказваме от мечтите си. Сънищата ни насочват по нашето пътуване по земята.

Струва си да живеем всеки от тези моменти с радост, разпореждане, вяра и надежда. Винаги има шанс за победа и успех. Вярвай в това.

Опитът на бившия младоженец за помирение

Петър работеше в Сао Паоло и се научи чрез писмо за предателството на булката. Беше тъжен, затруднено и отвратено. Как е могла да изхвърли толкова красива любов, че да съществува между двете? Всичко това, защото опонентът ти е бил увити фермер? Това не би я накарало никъде. Той беше наясно със своята стойност като човешко същество и за нокътя си, за да спечели. Жалко, че тя не възхищаван това.

Но все още не се беше отказал. Щеше да направи последен опит за приближение. С това той взе автобуса и започна да прави пътуването обратно до Североизточна Бразилия.

Пристигайки на мястото, той се отправя към фермата. Обявява се и е посрещнат от старата си приятелка. Настаняват се на холния диван.

Роза

Толкова съм сигурен, че съпругът ми не е тук. Какво правиш тук? Луд ли си?

Петър

Не приемам, Роуз. Много ми липсваш. Защо ме предаде така? Не беше ли ти този, който каза, че ме обичаш?

Роза

Разбери, скъпа. Отдалечи се от живота ми. Нямах задължение да те чакам. Мислех си по практичен начин. Видях по-добра възможност за себе си.

Петър

Отдалечих се, за да взема пари за сватбата ни. Разбрахме се за това. Когато чух, че си се сдружил, бях ужасен. Напълно ме разочарова.

Роза

Съжалявам за страданието ти. Но ти си твърде млад. Иска ми се да си намериш друга Безплатно жена. Моля ви да ме забравите завинаги и да бъдете само приятели.

Петър

Никога няма да ми бъдеш приятел. Вие винаги ще бъдете моята любов. Ако някога премислиш решението си, ела при мен.

Роза

Добре. Ние не знаем каква ще бъде съдбата ни. Нека сложим това в Божиите ръце. Всичко най-добро за теб. Просто бъди в мир.

Петър

Нека Бог те благослови и пази. Връщам се на работа в Сао Пауло и се грижа за живота си.

Така се случи. Петър се завърна в град Сао Пауло. Беше необходимо да забравим страданието и да продължим с живота му. Имаше много добри неща, които да се възползват от живота.

Сватбеното тържество

Настъпи дългоочакваният ден. На семейно събиране, участващо в танц, парти, и музика, те отпразнуваха съюза на любимата ни двойка. Беше страхотно празненство. Дойде време булката и младоженеца да говорят.

Гарсия

Това е главен момент в нашата история. Момент на единство, хармония, решителност и щастие. Това е нашият живот, който се събира. Обещавам, преди всичко, че ще изпълня достойно ролята си на съпруг. Ще се стремя да бъда най-добрия съпруг на света. Ще израснем заедно и ще формираме семейството си. За това се нуждая от подкрепата и разбирането на семейството. Разбирам, че една връзка е сложна. Ще има моменти на бой, неудовлетворение и моменти на щастие. Но ще се изправим заедно срещу всичко това до края. Какво мислиш, любов моя?

Роза

Аз съм най-щастливата жена на света. Получих каквото исках. Нека нашите деца и внуци дойдат да коронясат тази връзка. Отсега нататък ще мога да живея пълноценен живот. Това не е да се каже, че всичко ще бъде перфектно, но можем да преодолеем пречките, които възникват. Аз съм велик войн още от млад. Никога не съм се оставял да бъда преодолян от неуспехите на живота. Най-важното беше, че винаги съм имал вяра в себе си. Аз съм много изпълнена.

Всички пломби и партито продължава. Беше дълъг ден, пълен със семейни тържества. В края на нощта всички се сбогуват и двойката се радва на брачната си нощ във фермата. Беше началото на нова история.

Раждането на първото дете

Мина година брак. Роуз забременява и след девет месеца идва дългоочакваният ден от раждането на дъщеря си. Двойката взе колата и отиде в градската болница. Там лекарят започна да доставя. Два часа жената плачеше и стенеше, докато не се роди синът й. Бащата влезе в родилното и прегърна сина си. Майката също започнала да пролива сълзи, отегчена.

Гарсия

Невероятно съм щастлив. Дъщеря ми е красива и грациозни. Благодаря ти, моя любов. Ти ме правиш най-щастливия мъж на света.

Роза

Аз съм и най-щастливата жена на света до вас. Това е началото на семейната ни траекторията. Виждам, че вървим по добър път и че въпреки всички трудности, постепенно преодоляваме себе си. Успехът ни очаква, скъпа моя.

Гарсия

Нека просто се приберем. Членовете на семейството ни са тревожни.

Двойката напусна родилното, пресече главното фоайе, стигна външната зона, и се качи в колата. След това започва пътуването обратно. Те пресичат целия град на юг и започват да ходят по черен път. Имаше малко движение, слънцето беше силно, птиците летяха извън колата. В друг момент слънцето изчезва и започва да пада фин дъжд. Селската среда беше идеална за размивания и емоции.

Те напредват по пътя, опакован от собствените си мисли, съмнения и безпокойство. Минават през криволичещите извивки на свещената планина. Покана, възстановявам, и опасна планина. Постоянно бликаха емоции. Това ще е чудесно да опиташ.

При пристигането си у дома те получават роднините си и започват празненство. На парти, измито с бира, музика, и танци, те се радват на целия ден. Беше голямо щастие, споделено заедно с приятели. Така че, те имат прекрасни и вълнуващи моменти. Но траекторията им едва започваше.

Установяването на първата търговска

След раждането на сина си и с пристигането на нови разходи двойката започва да съставя план за разрешаване на ситуацията и постига споразумение.

Гарсия

Ще отворя пазар за теб, жена ми. Ще вкарам брат ти, за да бъда мениджър на сайта. Той е високо интелигентен човек.

Роза

Това е прекрасно, любов моя.

В това братът на Роуз дойде в къщата и дочу разговора.

Рони

Аз не знам как да ви благодаря. Наистина имах нужда от занятие. Имам и много разходи със семейството си.

Гарсия

В допълнение към тази възможност можете да създадете и вол и да поставите на земята ми. Няма да се налага да плащате за наем. Така можеш да изкарваш пари по-бързо.

Рони

Боже мой, което е прекрасно. Благодаря ти много. Няма да ви разочаровам. Можеш да разчиташ на мен през цялото време.

Гарсия

Наясно съм с това. Ти си човек, на когото можеш да се довериш. Винаги ще бъда до теб.

Роза

Това беше страхотна идея. Радвам се, че всичко се получи. Съюзът на семейството ни е фантастичен. Аз съм невероятно щастлив, любов моя. Ще израснем заедно.

С всички права, те започнаха подготовка за изпълнението на компанията. Всичко трябваше да е идеално, за да може бизнесът да има успех.

Отваряне на пазара

Очакваният ден на откриването пристигна. Голяма тълпа присъстваше на партито. В една нощ, включваща танци, напитки, музика и много срещи, те встъпиха в начинание си. Това беше реализацията на сън за всички присъстващи хора.

Пазарът имаше голямо разнообразие от хранителни продукти и щеше да бъде пионер в региона. Това би избегнело ненужното пътуване до града.

Това беше още една пречка, преодоляна в живота на онази започваща двойка. Нека дойдат нови постижения.

Просперитет

Изминаха няколко месеца. Търговията и стадото волове имаше просперитет, които генерираха голяма финансова сигурност за това семейство. Във връзка с щастието те бяха в голяма хармония и мир у дома.

Беше голям обрат в живота им. Те бяха повярвали в семейния си проект, бяха изправени пред спънки и смелост поеха самоличността си. Всичко това генерира конкретни резултати.

В новата фаза, която започна, те планираха по-високи полети. Те бяха обединени за реализацията на идеалното семейство. Те пожелаха среда на идеален мир, припомняне и щастие. Затова работеха толкова много.

Семейството

Изминаха годините и семейството беше израснало с раждането на нови деца. От финансова страна те имаха все по-голям просперитет. Така се установяваше семейната връзка. Това противоречи на всички други хора отношения прогнози.

Ето защо винаги трябва да поемем грижата за живота си. Трябва да се освободим от влиянието на другите и да станем автори на нашата траектория. Само тогава ще имаме шанс да бъдем щастливи. Нужни са вяра, устойчивост, воля и свобода.

Истинската ни съдба е да бъдем щастливи. Но за да постигнем това трябва да действаме повече и да очакваме по-малко. Това е, което тази двойка е научила през целия си живот.

Десетгодишен период

Фермерът финансово подпомага семейството на булката. Всичките й роднини са израснали по всякакъв начин. Това донесе за всички повече хармония и щастие. Беше перфектен и щастлив съюз. След десет години фермерът страда от сериозно заболяване. Въпреки усилията на всички, той не успя да се възстанови и почина.

Беше голяма болка за всички роднини. Скърбящият процес започна и продължи дълго време. Бяха тъмни и бъдещи периоди.

След като тази голяма болка премина, беше направено ново планиране. Беше необходимо да се възобнови живота по един или друг начин.

Реюнион

След смъртта на фермера бившият младоженец се завръща в Пернамбуко. Отиде да има среща с вдовица.

Петър

Готов съм да ти простя. Сега, когато си вдовица, искам да се съберем отново с теб. Аз нямам повече сърдечни боли.

Роза

Имах няколко деца със съпруга си. И ти също се ожени. Може ли още да си върнем любовта?

Петър

Уверявам ви, че ще проработи. Все още можем да бъдем щастливи. Ситуацията вече е съвсем различна. Пътищата ни отново се обединиха. Просто продължи напред и бъди щастлив.

Роза

Ще го взема. Искам да съм доволен от теб. Нека изградим красива история. Това е шансът ни.

Двойката се прегърна и целуна. От тогава нататък те имаха повече деца и изградиха идеална връзка. Беше реализацията на стар сън. Накрая, историята имаше успешно заключение.

Разпознаване на ролята му в обществото

Ние не знаем откъде сме дошли или къде отиваме. Това е нещо, което ни преследва цял живот. Когато се родим и реализираме социалната среда, в която живеем, имаме леко впечатление какво можем да бъдем в живота. Но това е просто предположение. Тези вътрешни запитвания ни водят до необуздано търсене, за да знаем кои сме и какви можем да бъдем. Ето къде идва самото обучение на живота, което ни води до правилното място.

По този път на живота се ръководим от знаци. Разпознаването и интуитивното това не е лесно, защото имаме две сили в конфликт в нашето същество: добро и зло. Макар доброто да ни е насочило към дясната страна, злото се опитва да ни унищожи и да ни отнеме от истинската Божия съдба. Да се отървеш от това действие на негативните мисли е умение, което малцина имат.

В този момент духовните учители се появяват в живота ни. Трябва да имаме подготвения дух, за да следваме съветите ви и да успеем в живота. Но ако се поставиш като отвратителен дух, нищо няма да направи. Това се нарича закон за връщане или закон на реколтата. Бъдете мъдри и изберете най-подходящия.

Нека да отидем на примера ми. Казвам се Алдиван, известен като гледач, Син Божий или Божествен. Роден съм в бедно семейство фермери с ограничено финансово положение. Имах прекрасно детство въпреки финансовите трудности. Тази детска фаза е най-доброто от живота ни. Имам мили спомени от детството и младостта си.

Когато достигнат зряла възраст, започват колекциите на семейството и обществото. Това е изтощителна и депресираща фаза. Трябва да имаме емоционален контрол, за да преодолеем всяко препятствие, което се появи. По този начин търсенето ми на финансова стабилност беше моят фокус. За съжаление емоционалният и любящ въпрос беше последният вариант. Междувременно мисля, че направих правилния избор. Този обичащ въпрос е прекалено сложен днес. Живеем в жесток свят, изпълнен с любов. Живеем редом с егоистични и материалистични хора. Живеем редом с хора, които просто искат да се възползват пред моралните ценности. За всичко, което споменах, вярвам, че изборът ми за професионалната страна беше правилният избор.

Започнах колеж и започнах работа в обществена служба. Беше голямо лично предизвикателство за мен. Съвместяването на различни дейности успоредно с художествената дейност не е лесно за никого. Това беше период на важни открития и научавания, които добавиха към изграждането на характера ми. Хубавите времена ме доведоха до проблясъци на щастие и хармония. Тежките времена ми донесоха изключително силни болки, които ме направиха човек по-подготвен да се изправя пред ежедневни ситуации от живота.

Цялата ми кариера ме научи, че мечтите ни са най-важните неща в живота ни. Именно за мечтите си продължих да живея и настоявам за успеха си. Така че никога не се отказвай от това, което искаш. Празният живот е изключително ужасно бреме, което трябва да понесеш. Така че, ако се провалите, преосмисли планирането си и опитайте отново. Винаги ще има нов шанс или нова посока. Вярвай в потенциала си и продължи напред.

Търсенето на мечти

Живях в детството напълно непривилегирована ситуация. Роден в семейство от земеделски стопани, чийто единствен доход беше минимална заплата в бразилските стандарти, се сблъсках с големи финансови затруднения в детството. Тази липса на ресурси ме накара да искам да се боря за проектите си от ранна възраст. Отказах се от детството си, за да се подготвя за пазара на труда. Единствената ми цел беше да спечеля финансовата си независимост, която изобщо не е лесна.

Изоставих всякакъв вид свободно време, за да се посветя на проектите си. Това беше личен избор пред лицето на личния ми въпрос. Но всеки избор има своето последствие. Не можах да намеря истинска любов за това, че се посветих толкова много на професионалната страна. Това беше голямо следствие от моите положени. Аз не съжалявам за това. Истинската любов между двойките е все по-рядка.

Беше дълга траекторията на усилията в проучванията и работата. Гордея се с личната си траекторията и насърчавам младите хора да се борят за мечтите си. Трябва много фокус върху всичко, на което се посветиш. И все пак, винаги трябва да сме рационални в планирането на живота. Казвам, че от финансовия аспект публичната оферта е най-добрият избор. Конкуренцията в обществената област има стабилност, която е основополагаща за финансовото планиране.

С доброто финансово планиране ние сме в състояние да получим по-добър поглед върху живота. Другите аспекти на живота също са допълвания, за да озаряваме живота си. Междувременно, това, което трябва да направим, за да успеем, е да вършим добро. Напълно сме способни да бъдем благословени от действията си.

Преживявания от детството

Роден съм и израснал в малко село в Североизточна Бразилия. Първоначално от скромно семейство детството ми беше изстрадано, но добре се възползвах. Играх на топка и пуснах върхове с момчетата, окъпах се в реката, изкачих плодните дървета, и изядох плодовете им, учих в училище, и постигнах превъзходно представяне, участвах в партита и социални събития, имах напълно щастлив живот и без отговорности.

Въпросът за непривилегированото финансово положение ме задуши, но това не ми попречи да имам щастливи моменти наред със семейството, роднините, приятелите и съседите. Това бяха хубави времена, които никога не се връщат. Доколкото си спомням за това, усещам жизнения си енергия, отекващ през цялото ми същество.

Детският опит беше горивото, от което се нуждаех, за да подклаждам надеждите си да бъда щастлив и успешен. Семейното ми положение не беше лесно: Традиционно семейство, тотално противно на моята сексуалност и твърдо до такава степен, че не вземах решения. Когато баща ми беше жив, той отговаряше за семейството. След смъртта на родителите ми, по-големият ми брат, петият по ред наследственост, не позволи на никого да има мнение за наследството на баща ми. Той е този, който доминираше във всяка ситуация. Той беше безмилостен човек.

Така че, в момента живея в къщата, която наследих от родителите си, но без никаква власт за вземане на решения за нищо. Подлагам се на тази ситуация, така че не трябва да живея навън и да бъда сам. Не мога да понасям самотата в нито една от формите й. Страхувам се от бъдещето и моля Бог да не бъде сам в напреднала възраст.

Никой не уважава сексуалността ми

Бразилия е ужасна страна за ЛГБТИ групата. Предполагал съм се като ЛГБТИ и не мога да се наситя, че имам нелепо и шеги навсякъде, където отида. Те са подигравка в рамките на семейството, в общността, в която живея, когато пътувам, в училище, на работа. Както и да е, никъде не ме уважават.

Хората трябва да разберат, че сексуалността не определя характера ни. Аз съм добър гражданин, работя, плащам дълговете си, изпълнявам задълженията си на гражданин и въпреки това никой не ми дава право на нищо. Сякаш съм невидим и неудобен в обществото.

Съжалявам, че има толкова много хора умствено изостанали. Съжалявам, че има толкова много хора, които се лекуват лошо и убиват гейове. Наистина е тъжно да няма убежище. Единственият човек, който ме подкрепя, е Исус Христос. Той е с мен по всяко време и никога не ме е напускал.

Голямата грешка, която направих в любовния си живот

Срещнах един мъж първия ден на новата ми работа. Той е много красив човек и ми се е показал учтиво и любезно. Бях възхитена от него. Веднага имахме голям афинитет и се разбирахме много добре. Чрез приятели научих, че има уговорена среща с жена. Дори и да е така, това не ме спря да го обичам по начин, по който никога не съм обичал друг мъж. Това беше голяма грешка, която ми струваше много пари. Ще обясня след това.

След една година най-накрая реших да инвестирам във връзката с този човек. Обявих се на особено важна среща и за двама ни. Това, което беше толкова красиво и омагьосано чувство, се превърна в голямо бедствие. Беше много груб с мен и ме отхвърли. Той напълно ме унищожи и с това си заминахме никога повече да не се обединим.

Аз не го обвинявам. Голямата ми вина беше, че инвестирах надеждите си в човек, който имаше ангажимент към някой друг. Но това беше доказателството, което наистина исках. Исках да видя дали чувства подобно нещо към мен. Когато избра жена си, това демонстрира, че обича жена си повече от мен. Това е нещо, което не търся. Никога не бих бил втори избор за мъж. Искам и винаги заслужавам да бъда първото място в една връзка. По-малко от това, аз не го приемам. Чувствам се доста добре сама.

След това трагична проява, този човек все още ми харесваше осем поредни години. В момента чувството, което имам към него, е в застояла. Изглежда, че разстоянието ми е помогнало в процеса на забравяне. Чувствам се добре умствено и се надявам никога повече да не падна в такъв капан. По-добре е да имате психично здраве и да сте единични.

Голямото разочарование, което имах със служители

В новата ми работа и толкова много други, които съм имал, много съм грешал с хората. Във всички тези ситуации опитах приятелски подход със сътрудници. Исках да сме приятели с тях, но наистина съжалявам. Имах големи разочарования в този смисъл, които ме накараха да заключа, че никой няма приятели на работа.

Чувствам се разочарован от това, че няма приятели никъде, където и да отида. Мисля, че голяма част от проблема се крие в предразсъдъците на хората. Защото съм гей, мъжете избягват да влизат в някой от начина, по който отивам. Що се отнася до жените, те се страхуват, че ще взема съпруга им. Така че както и да е, чувствам се изолиран.

Светът е голямо предизвикателство за онези, които са част от отхвърлено малцинство. Трябва да живеем с различни хора и непоносимост към особеностите си. Не е процес без усилия да се изправиш срещу обществото толкова късно. Аз не разполагат с подкрепата на никого. Дори и в групата ми по сексуалност, се чувствам подкрепяща. Има и други предразсъдъци в гей общността, които ме изолират още повече. Ето защо след 14 години търсене на любов се отказах напълно. Аз съм един единствен, щастлив човек в наши дни. Чувствам се просветен и благословен от Бог във всичко, което правя.

Големите прогнози за живота ми

Аз съм невероятно щастлив човек. Имам здравето си в перфектно състояние поради голямо пренастройване на храната, което правя, имам много роднини, които ме посещават от време на време, имам работата си, която ме поддържа финансово, имам артистичните си дейности като моя психологическа подкрепа и имам велик Бог, който никога не ме е изоставял.

Преживях някои големи трудности още от млад и това ме накара да стана мъжа, който съм днес. Аз съм изключително силен човек умствено, имам вяра в духовността, вярвам в добрата си съдба и вярвам, че мечтите ми ще се сбъднат, дори и да отнемат време. Това търсене на сънища е това, което ме поддържа жив. Аз съм писател, композитор, кинорежисьор, сценарист, преводач сред други художествени дейности.

Донякъде вече изпълних много мечти, които имах. За родените в много неблагоприятни условия, това е голямо постижение. Роден съм с абсолютно нищо и днес имам стабилна кариера. Всичко това благодарение на личните ми усилия. Аз съм много воин и фокусиран човек. Чувствам се горд със себе си по всякакъв начин. Така че, предсказанието, което правя за живота си, е, че ще бъда напълно успешен, защото се стремя към него.

Светецът, който беше син на фармацевт

Аптека

Чивитавекия- Италия

1 януари 1745 г.

Работният екип беше събран в частно тържество на сина на шефа.

Шеф

Събрали сме се тук с второто ми семейство, за да отметнем пристигането на сина ми в семейството ми. Това е ден на радост и ден на приемственост на едно поколение. Ще оставя стоките и характера си за пример. Разчитам на помощта ти, любимата ми Елоиса, за да можем да отгледаме този син заедно.

Елоиз

Развълнуван съм, любов моя. Днес е възнаграждаван ден за мен. Начало на празничен цикъл. Обещавам да се опитам да спра да бъда възможно най-добрата майка за сина ни.

Представител на служителя

От името на всички служители поздравяваме двойката и желаем здраве, успех, просперитет и търпение да отгледаме детето. Не е лесна задача да се грижиш за децата в наши дни. Ние ще сме готови да ви подкрепим по всякакъв начин, от който се нуждаете.

Шеф

Благодаря на всички!

Партито започна. Имаше много храна, танци, музикална група, и много радост. Бяха три дни поредни партита, които направиха всички много уморени. Забележителни събития трябваше да бъдат отпразнувани и те заслужаваха почивка, защото те работиха усилено.

Ранни години

Момчето Висенте Мария Страмби беше весело, развеселено и много послушно на родителите си. Поради високото финансово състояние на семейството, той имаше много възможности на разположение: Той имаше частен учител, уроци по плуване, спортуваше с приятели, пътуваше много и имаше моментите си на усамотение. Той изучава много Библията, която разкрива католическата си склонност от началото на детството и младежите си.

Един ден най-накрая се случи специален семеен момент.

Шеф

Всичко е уредено за вашето пътуване, сине мой. Докато осъзнавахме интереса ви към католическата религия, с майка ви решихме да ви изпратим в Семинара. Там ще имате възможност да имате по-добро психологическо, религиозно и емоционално развитие.

Елоиз

Мисля, че това е умна идея. Ако не се получи, можете да се върнете. Вратите на къщата ми винаги ще са отворени за теб, сине мой.

Висенте

Дадох ти го, мамо. Оценявам и двама ви. Вече съм опакован и с много очаквания. Обещавам да се посветя на обучението си. Все още ще бъда велик човек.

Елоиз

Ти вече си нашата гордост, синко. Ще ви дадем цялата подкрепа, от която се нуждаете. Разчитай винаги на нас.

Висенте

Благодарим ви. Ще се видим на почивка.

След дълга прегръдка и целувка най-накрая се разделиха. Шофьорът придружава момчето до колата и прекарва няколко момента, докато ги няма за постоянно. Това беше началото на ново пътуване за онова малко момче.

Пътуването

Началото на разходката започна монотонно. Само хладният вятър и малките капчици удрят огледалото за задно виждане и се плискат вътре в колата, оставяйки момчешката тревога. Имаше много емоции, съдържащи се едновременно. От една страна, страхът от неизвестното и другото, безпокойството и нервността, които го консумираха. Това е обичайно за много хора в нови ситуации, които се представят в живота ни. Не беше лесно да се изостави живот на комфорт и защита на родителите дори повече, отколкото Висенте беше просто дете.

Отразяващата ситуация беше счупена само поради падането на пода на опаковка цигари. Момчето слязло, взело цигарите и го върнало на шофьора. Той прави благодарен израз.

Шофьор

Ти ми спаси живота, хлапе. Тази глутница цигари е това, което ме спасява от депресия.

Висенте

Знаеш ли, че цигарите са лош навик, а това може да е вредно за здравето ти? Какво се случи в живота ти, за да те докарам до цигарата?

Шофьор

Бяха много неща. Аз не искам да ви притеснявам за моите проблеми.

Висенте

Няма проблеми. Но може да съм добър приятел и съветник на теб. Какво те тревожи?

Шофьор

Аз, Линдзи, и Риан сформирах красиво семейство. Работех в металургия, жена ми беше учителка, а синът ми беше под грижите на чистач на къщи. Бяхме сплотено, стабилно, щастливо семейство. Докато не сгреших в работата и ме уволниха. След това подът ми се срути. Трябваше да се грижа за сина си и никой повече усилия, не харесвах жена си. Битките започнаха, профсъюзът ни се разтвори и трябваше да скъсаме. Тя и синът ми взеха къщата ми и трябваше да се преместя в апартамент. Станах самонает шофьор, за да си платя сметките. Имах мъчителен момент на самота и това ме накара да навикна да пуша. Оттогава не съм спирал тази проклета зависимост.

Висенте

Наистина е тъжна история. Но аз не мисля, че трябва да се разклаща. Ако жена ви не е разбрала слабостта ви, тогава тя не ви е обичала достатъчно. Отърва се от фалшива връзка. Вярвам, че единствената загуба е била синът ви. Но мисля, че можеш да го посетиш и така да смекчиш този копнеж. Продължавай напред. Животът все още може да ти донесе големи радости. Трябва само да вярваш в себе си. Откажи се от цигарата, докато можеш. Заменете това с практиката на четене, свободно време, учтив разговор или художествено произведение. Дръжте ума си зает и вашите симптоми на депресия ще станат по-крехки. Един ден ще си кажеш: "Готов съм отново да бъда щастлив". В този ден ще намерите фантастична жена и ще се ожените за нея. Може да имаш по-добра работа и ново семейство. След това животът ви ще бъде възстановен.

Шофьор

Благодаря ти много за съвета, приятелю. Този процес на възстановяване на живота ми изглежда ще бъде ужасно бавен. Ще изчакам подходящия момент да се извърви отново. Междувременно отивам с много вяра. Наистина, думите ти много ми помогнаха.

Висенте

Не е нужно да ми благодарите. Вярвам, че Бог вдъхнови думите ми. Нека продължим!

Между двойката виси тишина. Колата се ускорява и слънцето започва да изгрява. Това беше страхотен знак. Слънцето дойде, за да донесе енергията, необходима за затопляне на мускулите, душата и сърцето. Това беше дъх за такива смутени души.

Последва пътуването и те не дойдоха време да стигнат до крайната дестинация и да си починат от работата си.

Пристигане в Семинара

Двойката най-накрая пристига в семинарията. Слизайки от колата, момчето плаща за билета, отдалечава се от колата, и върви към внушителния вход на сградата. Смесица от безпокойство, съмнение и нервност го продължи. Какво би станало? Какви емоции те очакваха в новата обител? Само времето можеше да отговори на най-съкровените ти въпроси.

Вече беше в залата за обаждания. С куфара в ръцете си започна да отговаря на въпроси от една от монахините.

Анджелика

Откъде идваш? На колко години си?

Висенте

Първоначално съм от Чивитавекия. Аз съм на 12 години и идвам в религиозния живот.

Анджелика

Много добре. Знай, че религиозният живот не е начин без усилия, момче. Пътят в света е много по-приканващ и по-лек. Да си религиозен е голяма отговорност. Първоначално трябва да се съсредоточите върху обучението си. Ако осъзнаете, че имате религиозно призвание, тогава ще трябва да направите следващата стъпка. Всичко си има точното време.

Висенте

Разбирам. Така ще действам. Можете да бъдете сигурни.

Анджелика

Е, какво да кажа? Добре дошъл, скъпи. Домът на надеждата е място, което посреща всички. Очакваме да спазвате правилата за поведение. Уважението е основната ни концепция.

Висенте

Много благодаря. Обещавам, че всичко ще е наред.

Момчето е отведено в една от стаите. Тъй като пътуването беше изморително, той се зае да си почива. Трябваше да бъде напълно възстановен, за да започне апостолството си.

Посещение на Дева Мария

След вечеря момчето се събра в молитва в стаята. Една нестабилна тишина изпълни нощта. Миг по-късно започва да усеща тънък бриз. Една жена се приближава отвътре в бял облак и каца в стаята. Тя беше брюнетка жена, весел, с изчервили лица и невероятна усмивка.

Висенте

Кой си ти?

Мери

Казвам се Мария. Аз съм посредник на всички благодаря, необходими за цялото човечество.

Висенте

Какво искаш от мен?

Мери

Искам да те използвам, за да предупредя човечеството. Живеем в жестоки времена. Човечеството се е отклонило от Бог и дяволът е доминирал света с омразата си. Има много малко добри души.

Висенте

Какво да правя?

Мери

Моли се много. Молете броеницата всеки ден за изцелението на човечеството. Трябва да обединим усилията си, за да се опитаме да спасим човечеството.

Висенте

Какво ще кажеш на апостолски ми път?

Мери

Имаш всичко да израснеш в църквата ми. Вие сте млад учен, образован, с ценности и с добро сърце. Вие сте един от избраните за възстановяване на Новата църква, по-приобщаваща религия, съзерцаваща всички бездомни служители.

Висенте

Доволен съм от такава добра задача. Обещавам да се посветя в пълна степен. Трябва да накараме църквата да се развива и да бъде вратата на небето за верните. Благодаря ви много за тази възможност.

Мери

Не е нужно да ми благодарите. Трябва да се махна оттук. Остани с Бог.

Висенте

Благодаря, любимата ми майка. Ще се видим на друг шанс.

Божията майка се върна в облака и в миг на око изчезна. Уморено, момчето отиде да спи. Следващите няколко дни биха донесли още новини.

Урок за религията

Рано сутринта, след закуска, часът по теология започна с учениците.

Преподавател

В началото Бог сътвори небесата и земята. Постепенно пространствата бяха изпълнени от живи същества. Великият Бог е Богът на многообразието. След това бяха създадени милиони обособени видове, всеки със собствена специфична функция. Човешкият вид е създаден и има за задача да се грижи за земята. Всичко беше невероятно красиво с мир, царуващ в цялото кралство. Докато примитивните мъже не се разбунтуваха, престъпвайки закона на създателя. По този начин дойде грехът, който опетни човешката траекторията. Но всичко не беше загубено. Помирението с Бог беше обещано в бъдещо време. Видяхме, че Христос изпълни добре тази роля, като ни върна светостта. Чрез разпъването си На кръст Христос обедини цялото човечество.

Висенте

Има някои неща, които не разбирам в тази теория. Човешкото същество не беше ли дуалист завинаги? Христос умря, за да ни спаси от греховете ни или беше жертва на Конспирация на евреите?

Преподавател

Всъщност знаем малко за произхода на човечеството. Древните ръкописи съобщават, че поддържаната от човешките същества святост по своя произход и че прегрешението на божествения закон е причина за произхода на греха. Няма начин да разберем каква е истината. То е както каза Христос: Не е нужно да живеете, за да вярвате. По отношение на втория въпрос можем да кажем, че двете хипотези са верни. Господарят ни беше жертва на измяна и това послужи като жертва за човечеството. Христос беше съвършен и не заслужаваше да умре. Смъртта му беше цената на основата на Църквата и на нашето спасение.

Висенте

Разбирам и вярвам. Това ме кара да повярвам на думите ти. Христос може да бъде символът на тази творческа сила, която изгражда човешкото същество. Солидна, разбираща, опростена сила, която прегръща доброто и лошото, което винаги очаква помирение. Но това е и сила на справедливостта, която предпазва доброто от лошото. В това идва концепцията за закона за връщането. Злото, което правим, се връща при нас с още по-голяма сила.

Преподавател

Точно така, скъпа моя. Ето защо е необходимо да полицията нашите ценности. Необходимо е да коригираме грешките си, за да се развиваме. Преди да говориш, помисли. Една не са поставени дума може да нарани много ближния ни. Това боли може да доведе до постоянни психологически проблеми. То прекалява с човешката душа твърде много.

Висенте

Ето защо мотото ми винаги не е било наранявано никого. Въпреки това, хората не се грижат еднакво за мен. Те дори не се интересуват от причиняването на болка и недоразумение. Хората са много егоистични и материалисти.

Преподавател

Това е причината да изучаваме теологията. Това е разбиране, че Бог е по-голяма сила, която изненадва нашите слабости. Това е разбирането, че прошката е освобождаване от нашите грешки. То е да видим в Христовата жертва знак, за да можем да се бием срещу враговете си със сигурността на победата.

Висенте

Благодаря ви, професоре. Започвам да се наслаждавам на училище. Нека продължим!

Класът продължи цяла сутрин и беше време на удоволствие и приемане във вярата на Христос. След като завършиха училище, отидоха на обяд и си починаха. Всичко беше добре в дома на надеждата.

Разговор на семинар

Минаха две години откакто младият Винсънт учи. Тогава наближаваше момента на разговора, който щеше да реши бъдещето ти.

Монахиня

Осъзнаваме, че сте много усърден младеж във всички области. Искаме да те поздравим. Бихме искали да знаем и какво е желанието ви за бъдещето. Наистина ли искаш да станеш свещеник?

Висенте

Оценявам думите. Аз съм Христос откакто се родих. Така че, отговорът ми е положителен. Искам да се присъединя към тази верига на доброто. Искам да спечеля много души за господаря си.

Монахиня

Много добре. Тогава нека уредим свещените обреди. Предварително, добре дошли в класа.

Висенте

Много благодаря. Обещавам, че няма да те разочаровам.

Животът последва. Винсънт е постановен за свещеник и започва свещеническата си дейност. Това беше реализацията на стар сън и знаех, че това е семейна гордост.

Вход в обичащ конгрегация

Висенте се обръща към обичащ конгрегация с цел да има среща с основателя.

Павел на Кръста

Искаш ли да кажеш, че се интересуваш да се присъединиш към паството ни?

Висенте

Да. Виждам, че говориш много добре за работата си. Имам афинитет към дейностите ти. Искам да дам всичко от себе си и да допринеса за растежа на отбора.

Павел на Кръста

Радвам се, че го правиш. Нашата компания е отворена за всички, които искат да си сътрудничат. Апостолската ти работа ме омагьосва и ме кара да вярвам, че си страхотна придобитите. Добре дошъл.

Висенте

Поласкан съм. Това е по-скоро сбъдната мечта. Можете да сте сигурни, че ще направя всичко възможно.

Висенте е официално интегриран в екипа и започва да се занимава със социалната работа на събранието. Той беше забележителен пример за християнин.

Обикаляне на страната като мисионер
В село в Южна Италия

Селянин

Искаш да кажеш, че си Божи пратеник? Как мислиш, че можеш да помогнеш на отчаяна бедна селянка?

Висенте

Нося със себе си божия мир. Чрез божествени учения можете да преодолеете проблемите си и да се превърнете в по-завършен човек.

Селянин

Много добре. Как мога да бъда щастлив, следвайки божествения закон?

Висенте

Спазвайте заповедите. Обичайте Бог първо като себе си, не убивайте, не крадете, не завиждайте, работете за мечтите си, прощавайте и правете милосърдие. Това са някои неща, които можеш да направиш и да станеш по-добро човешко същество.

Селянин

Понякога се чувствам тъжен заради личните си неудовлетворения. Мечтата ми беше да бъда лекар, но бедността ме накара да поема по други пътища. Днес съм дневен работник и пералня. С парите от работа подкрепям трите си деца. Алкохолизираният ми съпруг избяга с друга жена. Някак си мислех, че е добре, защото беше бреме за живота ми. Все още помня предателството ти и това е болезнено. Искам да намеря по-ясен път към живота си.

Висенте

Грижи се за децата си. Те са най-голямото ти богатство. Нашето семейство е най-голямото ни богатство. От житейския ми опит се отнасяйте добре с тях. Ще изпълниш мечтите си чрез тях.

Селянин

Истина. Опитвам се изключително трудно да им дам всичко, което нямам. Аз съм добър съветник майка. Просто искам най-доброто за децата ми.

Висенте

Това е добре. Бог ще те благослови и ще излекува болките ти. Има злини, които идват да преподават. Няма победа без страдание. Провалът ни подготвя да бъдем истински победители.

Селянин

Слава на Бог. Благодаря ти за всичко, отче.

Висенте

Слава Богу, дете мое. Всичко най-добро за теб.

Работата на християнския пастор беше абсолютно прекрасна. Той омагьоса множествата със своята мъдрост и вяра в Христос. Забележителен пример, който доброто винаги преобладава.

Смърт на основателя на събранието

Пол да Круз почина. Това беше ужасна болка за Висенте, която беше особено добра приятелка с него. Беше бурен ден. Една тълпа присъства на събуждане. Между молитвите и сълзите те скърбяха за загубата на онзи велик човек. Смъртта наистина е необяснима. Смъртта има силата да отнеме присъствието на онези, които обичаме най-много.

Погребалното шествие напусна къщата и напредна по улиците на града към гробището. Беше слънчев следобед с интензивни ветрове, които удариха плашещо лицата им. Там приключи траекторията на един благороден човек. Човек, посветен на религиозното си убеждение.

Парадът напред от дупката, изкопана в гробището. Последната дума се дава на главния ви ученик. Скъпата ни Висенте.

"Дошло е времето за сбогом на велик човек. Човек с великолепна кариера пред паството си. Наистина е работил мисията си. В проекта си той помага на хиляди хора със съветите си, финансовата си помощ и добрия си пример. Оставил е следа от благородство. Той се гордееше със семейството, обществото и християнските си братя. Беше с неотменим характер, който ни вдъхнови да бъдем по-добри човешки същества. Върви с мир, братко! Нека създателят Бог ви даде останалото, което заслужавате. Един ден ще се срещнем отново.

Между сълзи и аплодисменти тялото беше погребано. Там приключи траекторията на велик човек на земята. Беше оставено да му пожелая много късмет в новата му вечна изобретатели.

Назначаване на поста епископ

Винсънт Мери е израснал в своята мисия и святост. Апостолското му дело се възхищаваше от всички. Като награда за работата си епархията му решава да го повиши на поста епископ.

Големият ден дойде. На частна церемония духовници се събраха в голямо тържество.

Предишна работа като Епископ

Дойде време да се пенсионирам и да прекарам остатъка от старостта си в почивка. Ето, избрахме Винсънт Мери да заеме мястото ми. Той е високо квалифициран свещеник за работата. Проектът му в събранието е бил ценен инструмент за Католическата църква в борбата с еретиците и в Победата на нови вярващи. Пожелавам ти успех, скъпа. Нещо за деклариране?

Винсънт Мери

За мен е чест да получа такава украса. Обещавам да остана верен на вярванията си и да спазвам закона на църквата света майка. Бог да е с мен при това велико рестартиране на разходката.

Аплодисменти дават и на двама ви. Беше нов цикъл в живота на всички. Те знаеха, че епархия е в безопасност и че светата майка църква ще расте още повече. Бог да е с всички!

Инвазията на Наполеон Бонапарт

Наполеон Бонапарт е император, узурпирал Църквата. За да доминират в цялото събрание, войници нахлуват в епархиите, изискващи позиция от епископа.

Войник

Тук сме от името на Наполеон Бонапарт. Лорд Бишъп, подчините ли се на властта на Наполеон Бонапарт?

Винсънт Мери

Никога. Аз не се подчиних на ничие мъжко пълномощие. Аз съм единственият слуга на Христос.

Войник

Е, това е. Ще го арестувам. Ще имате много да страдате, за да се научите да уважавате властите.

Винсънт Мери

Ако това е Божията воля, готов съм! Можеш да ме вземеш. Не ме е страх от мъжкото правосъдие.

Епископът е отведен в затвора. Впоследствие е заточен в градовете Новара и Милано за период от седем години.

Периодът на изгнание

През седемте години той е заточен, Винсънт страда от най-разнообразните видове физически и словесни мъчения, които доказват вярата му. Това бяха тежки времена, когато империализмът беше най-голямата сила. Доклад за него в затвора:

"Господи Боже, как страдам! Намирам се на излизане. Потисниците ми са много и силни. Чувствам се толкова сам. Междувременно, сър, вие сте моята сила и сила. Вярвам в теб възкреси. Вярвам, че това е фаза и че мощната ти ръка може да дойде, за да преобрази живота ми. Доверявам се на ценностите и вярата си. Всичко ще е наред."

Войник

Кралство Наполеон Бонапарт е паднало. Свободни сте да се върнете в епархиите си.

Висенте

Слава на Бог. Аз не знам как да ви благодаря за това издание. За първи път в живота си се чувствам напълно свободен. Слава на Бог за това! Мисията ми може да продължи.

Сбогом на мисията

Винсънт Мария заема поста епископ още няколко години. Като старейшина той поиска оставката си. Свободен от задълженията си, той продължава да подпомага религиозен мисии. Мисията му се простираше до края на дните му. Официалната му канонизация се състоя през 1950 година.

Край

www.ingramcontent.com/pod-product-compliance
Lightning Source LLC
LaVergne TN
LVHW020434080526
838202LV00055B/5178